STADT
ESSEN **KULTUR**AMT

Dieses Buch wurde ermöglicht
durch eine Förderung des
Kulturamts der Stadt Essen.

Nastja Stefanyuk wurde in der Ukraine geboren und lebt seit 20 Jahren in Deutschland. Nach ihrem Bachelor in Kunstwissenschaften und Geschichte an der Universität Duisburg-Essen macht sie zur Zeit ihren Master in Kulturanalyse und Kulturvermittlung an der TU Dortmund. Sie beschäftigt sich künstlerisch mit Farben und ihrer Wirkung, um mit ihrer Hilfe die menschlichen Innenwelten nach außen zu transportieren.

Sam Greb, der Gemahl der Unvernunft und Chronist des Exzesses, schreibt fiebrige Tatsachenberichte und surreale Fantasien über die Fieberwelt. Seine Texte sind Liebeserklärungen an das Desolate und an die Hoffnung. Doch Sam Greb spricht nicht. Es ist sein treuer Begleiter, der den Erzählungen Leben einhaucht und die Zuhörer in die Fieberwelt entführt. Seit 2013 reisen die beiden Vagabunden umher, um von der Fieberwelt zu erzählen. Ihre Reisen führten sie zu Festivals, auf ansagte Kulturveranstaltungen und in verrauchte Kneipen.

Nach sechs Hörbüchern und der romantischen Novelle NADELN AUS RUß ist die Sammlung DER VERSEHRTE DES EXZESSES das zweite Buch aus der Fieberwelt.

www.fieberwelt.de

SAM GREB

DER VERSEHRTE DES EXZESSES

DREI GESCHICHTEN AUS DER FIEBERWELT

Impressum

Michael Masberg
Rellinghauser Straße 131
45128 Essen
www.michael-masberg.de
www.fieberwelt.de

Bibliografische Information der Deutschen Nationalbibliothek:
Die Deutsche Nationalbibliothek verzeichnet diese Publikation in
der Deutschen Nationalbibliografie; detaillierte bibliografische
Daten sind im Internet über http://dnb.d-nb.de abrufbar.

Titelbild: © 2020 Nastja Stefanyuk

Umschlagdesign: Christoph Höhne
Satz & Layout: Michael Masberg
Lektorat: Isabelle Rondinone

Gefördert durch das Kulturamt der Stadt Essen.

Herstellung und Verlag:
BoD – Books on Demand, Norderstedt

ISBN
978-3-7526-4597-2

Widmung

Für alle,
die wir im Rausch vergessen

Bisher in dieser Reihe erschienen:

NADELN AUS RUß

Inhalt

Tritt ein in das Fieber 9

Die bemalten Beine 13

Die Ruinen unserer Augenblicke 35

In der Wurzelgruft 63

Der Versehrte des Exzesses 89

Tritt ein
in das Fieber

Du sitzt in der Behaglichkeit zwischen den Zeiten aufsteigender und abebbender Exzesse. Die Silberfische in deiner Börse haben sich fast gänzlich verschlungen, doch du weißt, wo der Teich ist, aus dem du neue fischen kannst.

Der Kokon des Tages behütet dich, und von ihm beschirmt gleitest du der Nacht entgegen, deren Verheißungen Sehnsüchte in dein Herz säen. Sehnsüchte nach flüchtigen Begegnungen, nach tänzelnden Fingern und nach den herrlichen Lügen der Sorglosigkeit. Du denkst an den aufziehenden Tag nach einer durchtanzten Nacht und schmeckst auf deinen Lippen das besondere Aroma eines frischgeborenen Morgens.

Du füllst deine Lungen mit Rauch und deinen Kopf mit Rubintränen. Du tanzt mit leuchtenden Käfern und Gestalten aus Rauch und lachst über die feine Ironie frühreifer Seelen. Du trägst Kleider aus den abgeworfenen Flügeln von Schmetterlingen, die sich wieder in Raupen verwandelt haben. Du wanderst durch vergessene Wälder, die depressiven Häusern gewichen sind, und durch neblige Pilzgärten. Du schwimmst mit den Leuchtfischen zwischen den erstarrten Tränen der Nacht und entzündest mit ihnen das Feuer des Rausches in den Herzen der Betäubten. Und in dem Schatten, das ihr Lachen wirft, findest du einen Platz, um dich auszuruhen, bevor du dich wieder dem Reigen der Alltäglichen anschließt, die für jene tanzen, die schon immer da waren.

Es gibt Verpflichtungen und Vergessen, und irgendwo dazwischen befindest du dich.

Dies hier ist deine Geschichte. Du musst dir keine Sorgen machen. Außer, dass jemand anderes sie schreibt.

Die bemalten Beine

Es war keine besondere Party. Weder ereignete sich irgendetwas Außergewöhnliches, noch waren irgendwelche besonderen Personen eingeladen. Dennoch möchte ich dir von ihr berichten. Ich habe das Gefühl, es hängt alles miteinander zusammen. Vielleicht ist es notwendig, das Gesamte zu betrachten, um die Frage zu beantworten, die mich seit dieser Nacht beschäftigt.

Ich folgte der Einladung in das Lichterhaus. Es war nicht ihr Haus. Du kennst es. Wir haben dort schon einige Nächte durchgebracht von der Art, von der auch diese Nacht war. Hinter dem Vorhang begann der lange Flur, der zum Innenhof führte. Ich kam spät, es waren bereits zahlreiche andere Gäste anwesend. Leuchtkäfer tanzten über Schallplatten, die von der Decke hingen. Auf dem Podest aus Bierkästen stand das Rettungsboot, und in ihm saß das Pärchen, das nie die Finger voneinander lassen kann. Ein Kraken im Livree eines Dienstboten servierte ihm Limonade, ohne ihn zu beachten. Der Herr mit der Affenmaske begrüßte mich ebenso wie die Goldene Frau, die keine war. Ich rauchte einen Joint mit dem Kindlichen Buddha und machte die üblichen Späße mit dem Schwitzenden Teddy. Kurz fiel mein Blick nach draußen auf den Balkon. Dort saß das Mädchen mit den brennenden Haaren und rauchte. Als es mich sah, winkte es mir zu. Für die Geschichte spielte es keine weitere Rolle.

Wohl aber sie, die Gastgeberin, die uns eingeladen hatte, um mit ihr zusammen ihr Diplom zu feiern. Wohin man sah, sah man sie, doch nie lange genug, um mehr als zwei Worte mit ihr zu wechseln. Bei mir waren es nicht einmal zwei Worte. Plötzlich stand sie neben mir, erkannte mich, lachte und fiel mir freudig um den Hals. Ich hatte sie kaum an mich gedrückt, da war sie auch schon wieder verschwunden.

Sie war unglaublich schön, wie sie mit ihren hektischen kleinen Schritten zwischen den Gästen umherirrte. Die bemalten Beine waren entblößt, das herbstfarbene Haar fiel ihr über den Rücken und das silberne Oberteil. Wie bezaubernd sie war. Doch so schwer zu greifen, ein im nächtlichen Fieber schwirrender Traum, dass ich ihr nicht einmal für die Einladung danken konnte.

Von ihr stehen gelassen ließ ich mich im Garten der Seifenblasen nieder und beobachtete die Gestalten aus Rauch. Der ausgestreute Sand zwischen meinen Zehen fühlte sich warm an. Dumpf hörte man von drinnen die treibenden Bässe. Es drängten sich mir Bilder von im Takt stampfenden Füßen und Tentakeln auf. Nebenan, im Salon der vergessenen Schreiberlinge, rezitierte der Gelbe Gockel wie gewohnt Autoren, die noch nie jemanden interessiert hatten. Auch dieses Mal fand er keine aufmerksamen Zuhörer, nur vom Tanzen müde Gestalten, die sich in Ruhe unterhalten wollten.

Ich war ebenfalls müde und beschäftigte mich mit der Frage, warum ich überhaupt hierhin gegangen war. Immer dieselben Gespräche, kaum betrat man diesen Ort, begann man sich im Kreis zu drehen. Dann fiel mir die Gastgeberin wieder ein, das glitzernde Gehänge an ihren Ohren, ihr etwas längliches Gesicht und der kleine Mund, den stets ein feines Lächeln umspielte. In mir regte sich ein vergessenes Gefühl, vor so langer Zeit im sterbenden Fleisch begraben, dass ich nicht so recht etwas damit anzufangen wusste.

Während ich versuchte, mich an den Namen für dieses Gefühl zu erinnern, bemerkte ich plötzlich, dass die Gastgeberin neben mir saß, ein Glas in der einen Hand, ein Glas in der anderen, mir entgegengestreckt.

Wir wollen spielen, sagte sie.

Ich nahm einen Schluck. Zerstobene Träume, die in den Tränen alter Eichenfässer schwammen.

Was für ein Spiel?

Als Antwort lachte sie, und alle anderen Geräusche verschwanden. Sie beugte sich vor. Ich spürte ihr warmes Fleisch ganz nahe an meinem frierenden Körper.

Bist du dabei?, fragte sie und ich hatte keine andere Wahl, als stumm zu nicken und einen weiteren Schluck von dem bittersüßen Getränk zu nehmen.

Gehe hinunter in den Keller, die anderen warten bereits auf dich.

Im nächsten Augenblick war sie verschwunden, und als ich sie das nächste Mal sah, stand sie lachend bei dem Kindlichen Buddha und massierte ihm scherzhaft den nackten Wanst. Ich trank aus und machte mich auf den Weg in den Keller. Das Paar im

Rettungsboot konnte immer noch nicht die Finger voneinander lassen.

Warst du schon einmal in dem Keller? Ich erinnere mich nur an ein einziges Mal, dass ich dort unten war, in der Nacht, als der Herr mit der Affenmaske seinen Geburtstag feierte. Damals war er natürlich noch der Herr mit der Truthahnmaske, daran siehst du, wie lange das her ist. Durch die Bar und an den Schwingtüren der Toiletten vorbei drückte ich mich durch die Massen der Gäste, bis sie immer weniger wurden und der Gang immer schmaler und niedriger, so dass ich schließlich kriechen musste, um die kleine Pforte an seinem Ende zu erreichen. Du lachst! Wäre es mir rechtzeitig eingefallen, den Fahrstuhl zu nehmen, ich hätte garantiert nicht diesen Weg gewählt.

Durch die Pforte gelangte ich in das Treppenhaus, über das man das Lichterhaus errichtet hat. Ich weiß, man erzählt sich, der Erbauer des Treppenhauses soll verrückt gewesen sein, aber ich frage mich, wie verrückt man sein muss, um ein Haus zu errichten, das keine Räume, nur Treppen hat. In dem selbst die Wände aus Treppenstufen hochgezogen sind.

Sie treibt doch ihren Spaß mit dir, sagte ich laut zu mir selbst. Aber ich hatte nichts anderes zu tun. Und wäre es kein Spaß, stünde ich ziemlich blöde da. Also machte ich mich auf den Weg nach unten, was leichter gesagt als getan war, wenn die Treppen überall hinführen, nur nicht gerade nach unten. Immer wieder sah ich Schatten anderer Gestalten, hörte Schritte oder im Selbstgespräch vertiefte, murmelnde Stimmen. Treppenhausgeister, die Erinnerungen der Stufen, die aus dem Gestein nach draußen sickerten. Ich sang das alte Lied von dem zweiköpfigen Jungen im Einmachglas, um mir Mut zu machen.

Schließlich ließ ich das Treppenhaus hinter mir und betrat den muffigen Kellerflur. Die mumifizierten Körper einsam verendeter Tauben lagen neben schimmelnden Stapeln ungelesener Magazine. Ich erinnerte mich, als ich das letzte Mal hier stand, beim Geburtstag des Herrn mit der Truthahnmaske. Erinnerungen an tanzende Stroboskopmenschen blitzten auf. Auch wenn mich die Party den linken Lungenflügel gekostet hat, denke ich immer noch gerne daran zurück. Unvergessen, wie das kleine, runde, leckere Mädchen dem Kindlichen Buddha das Lächeln klaute und es nacheinander jedem auf die Lippen klebte.

Das schummrige Licht der gefangenen Glühwürmchen fiel auf eine lange Reihe von Türen zu beiden Seiten. Ich schlenderte den Flur entlang. Ohne System prüfte ich mal hier, mal dort eine Tür, doch keine ließ sich öffnen.

Plötzlich ging hinter mir eine Tür auf, an der ich leichtfertig vorbeigegangen war. Durch den Türspalt erhaschte ich einen schmalen Blick auf einen Raum, der sich in seiner opulenten Schönheit kaum beschreiben lässt. Im Kontrast dazu stand das heruntergekommene Männlein, das die Tür geöffnet hatte.

Sind Sie ein echter Matrose?, fragte es.

Ahoi.

Gut. Sie schwimmt gerade im roten Meer, wenn Sie verstehen, was ich meine.

Damit öffnete das Männlein die Tür zur Gänze und gab den Blick frei auf ein gewaltiges Schlafzimmer, in dessen Mitte sich ein noch gewaltigerer Körper von Frau in weichen Kissen rekelte. Zwei nackte Zwerge mit Gummihandschuhen wuselten an und auf diesem Fleischberg herum und reinigten die Spalten zwischen den hüpfenden Schichten wollüstigen Fleisches.

Ist das schon Teil des Spiels?, fragte ich das Männlein, gleichermaßen abgestoßen wie seltsam angezogen von dem nackten, zitternden Fleisch vor mir.

Alle Spiele, die Sie wünschen, kicherte das hässliche Etwas und war im nächsten Moment verschwunden. Mit der manifestierten Wolllust allein gelassen, blieb mir kaum etwas anderes übrig, als dieses Ding zu beschauen. Ich sage *Ding*, weil es mir trotz der Beteuerungen des Männleins nicht als Frau erscheinen wollte. Es hatte mit seiner Form jegliches Geschlecht verloren. Es war unmöglich zu sagen, ob sich in den Tiefen des Fleisches wirklich eine feuchte, blutende Grotte befand. Ebenso hätte sich dort ein zur Unkenntlichkeit verkümmerter Schwanz verstecken können. Und die gewaltigen Titten, von den anderen Fleischmassen nur durch die kindskopfgroßen Brustwarzen zu unterscheiden –

ob sie wirklich einer Frau gehörten, diese Entscheidung mochte ich mir nicht anmaßen.

Auffällig war der verschmierte Lippenstift, durch den der Mund wie aufgeschnitten wirkte. Dahinter blitzten reinweiße Zähne auf, so sauber, dass ihr Anblick falsch wirkte. Zwei glänzende Perlenreihen, die man in das Zahnfleisch implantiert hatte.

Plötzlich gerieten die Massen in Wallung, ein Zittern und Beben erfasste dieses Ding. Aus der Tiefe bahnte sich etwas seinen Weg nach oben, immer höher, den roten Lippen entgegen, um sich durch die Perlzähne nach draußen zu kämpfen.

Du brauchst einen Schlüssel, so klangen die keuchenden, abgekämpften Worte, von rasselndem Atem begleitet. Wenn du weiter willst, braucht du einen Schlüssel. Komm zu mir. Hole ihn dir. Für einen Kuss ist er dein.

Ich war wirklich nicht in der Stimmung, zu erschöpft für solche Strapazen. Dann dachte ich an die bemalten Beine der Gastgeberin und machte mich an den Aufstieg. Immerhin war es nur ein Kuss!

Unterwegs musste ich mich wiederholt der nackten Zwerge erwehren, die in mir wohl eine Bedrohung sahen. Sie waren nicht besonders mutig und ließen sich schnell vertreiben. Aber hartnäckig waren sie und durchaus listig. Sie nutzen das ihnen vertraute Gelände aus, versteckten sich in Speckfalten und hinter Fleischwülsten, um überraschend mit einem feigen Angriff über mich herzufallen und mich in dem weichen Fleisch zu ersticken. Dann endlich ließen sie von mir ab.

Ich näherte mich dem viel zu kleinen Kopf, in dessen Mitte, umgeben von einem Fettkranz, das Miniaturgesicht saß. Dunkle Schweinsaugen sahen mich verzückt an. Der Mund schnappte auf und zu, aus ihm schlug mir der Geruch modernden Papiers entgegen. Unwillkürlich dachte ich an verstaubte Keller in aufgegebenen Bastionen der Bürokratie, und fragte mich, womit man dieses Monstrum fütterte.

Küss mich.

Für Frau und Nachbarland, was blieb mir anderes übrig?

Die Lippen waren feucht, weich und ölig. Als sie sich leicht öffneten, um meiner Zunge Einlass zu gewähren, wäre ich fast an dem modrigen Papiergestank erstickt. Ich atmete Schimmel und spürte die giftigen Sporen in meiner Lunge.

Dann geschah das zu Erwartende: Unter mir zerfiel der gewaltige Leib. Was ich zuerst für eine Zunge gehalten hatte, die mit meiner rang, entpuppte sich als ein Schwall Maden. Ich versuchte, nicht darüber nachzudenken, und machte weiter. Bis zu den Knien steckte ich mittlerweile in dem verrottenden Fleisch, das mit jedem Herzschlag mehr nachgab. Darunter kamen Drähte zum Vorschein, verrostetes Getriebe, aufgeplatzte Kabel und verbogene Gelenke. Das Haar hielt tapfer dem Verfall stand, es wuchs sogar weiter, doch die Perlenzähne bekamen Risse und zerbarsten.

Ich glaube, ein Zahnsplitter steckt mir immer noch in der Wange, du musst später einmal nachsehen. Ein unangenehmes Gefühl.

Je mehr das Fleisch zerfiel, desto mehr entblößte sich das Maschineninnere, doch die bizarre Konstruktion war ebenfalls nicht vor dem Verfall gefeit. Grünspan und Eisenfraß griffen um sich. Am Ende, als endlich die verwesenden Lippen von meinen abfielen, stand ich in einem kleinen See aus Leichengift, Batteriesäure, Rost und verendenden Maden. Und zwischen all dem entdeckte ich einen goldenen, geradezu vorwurfsvoll sauberen Schlüssel. Ich hob ihn mit spitzen Fingern auf und fragte mich, was aus den nackten Zwergen geworden war.

Neben mir stand das Männlein, das mir die Tür geöffnet hatte. Die plötzliche Hitze in dem Raum schien ihm zuzusetzen. Das Fleisch schmolz ihm wie Kerzenwachs von seinem Gesicht.

Sie müssen gehen, Sie haben, was Sie wollten. Ich muss die Apparatur wieder herrichten, für den Nächsten.

War schon jemand vor mir hier?

Nein, heute sind Sie der erste Gast.

Diese Worte beflügelten mich.

Muss jeder hier vorbeikommen, der an dem Spiel teilnimmt?

Das Männlein wurde von einem Kichern durchgeschüttelt, das zu einem hysterischen Lachen anschwoll. Die Wachshaut fiel ihm in großen Stücken vom Gesicht. Meine Frage schien es dermaßen zu erheitern, dass es sich nicht mehr einbekommen konnte. Beleidigt ging ich.

Die Tür fiel hinter mir ins Schloss und ich hörte, wie das Männlein sie von Innen verriegelte.

Der Kellerflur stand eine Handbreit unter Wasser, es lief von oben herab durch das Treppenhaus. Ich eilte die Türen entlang, um das richtige Schloss für den Schlüssel zu finden. Wenn das Wasser weiter ansteigt, dachte ich, würde ich tauchen müssen. Und mit dem einen Lungenflügel, der mir geblieben ist, würde ich nicht weit kommen.

Ich bog um die Ecke und stand plötzlich einer ratlos wirkenden Gestalt gegenüber. Einem hageren Mann mit vorspringender Nase, über deren Rücken kleine Gezeitenspinnen tänzelten. Er klopfte die Taschen seines fleckigen Trenchcoats ab. Als er mich entdeckte, huschte ein Lächeln über seine eingefallenen Gesichtszüge, so kurz, dass ich mir nicht sicher war, ob ich es mir eingebildet hatte.

Sieh an, ich dachte schon, ich begegne hier niemandem mehr, sagte der Mann. Er fand, was er gesucht hatte und hielt mir ein Päckchen Zigaretten hin.

Ich habe mit dem Rauchen aufgehört.

Tatsächlich? Versuche ich seit Jahren. War es sehr schwer?

Schlimmer als alles, was du darüber gehört hast. Mein Körper versuchte mich zu betrügen, wo er nur konnte. Aber ich habe dieses Problem in den Griff bekommen.

Wie hast du das gelöst?

Ich habe mich von meinem Körper getrennt.

Er sah mich erst überrascht an, dann lachte er. Amüsiert zündete er sich selbst eine Zigarette an und rauchte genüsslich. Mein verbliebener Lungenflügel schmerzte.

Wo sind wir hier? Ich habe mich verlaufen. Ehrlich gesagt, ich habe keine Ahnung, wo ich überhaupt bin.

Spielst du mit?, fragte ich argwöhnisch.

Ich spiele viele Spiele. Man sagt von mir: Er, das ist ein leidenschaftlicher Spieler. Aber gerade habe ich Urlaub.

So einfach wollte ich mich nicht abwimmeln lassen. Ich blieb hartnäckig.

Bist du ein Teil des Spiels?

Wie soll ich wissen, was hier gespielt wird, wenn ich noch nicht einmal weiß, wo ich bin. Um was für ein Spiel soll es sich handeln?

Um eines der üblichen.

Er schüttelte den Kopf.

Ihr seid ein seltsames Völkchen, das denke ich jedes Mal. Ich ziehe weiter. Denke immer daran: Eng ineinander verschlungene Hände sind wie tänzelnde Spinnen. Hüte dich vor dem Weibchen, es will dich bloß fressen.

Damit ließ er mich stehen. Das Wasser reichte mir mittlerweile bis zu den Knien. Ich sah die Schatten unangenehmer Erinnerungen durch die dunkle Brühe gleiten. Zwei, drei davon streiften mein Bein.

Ich schüttelte sie ab. Aufgewühlt irrte ich durch die Kellergänge, ohne eine weitere Person zu treffen. Ich war verloren in diesen endlosen, feuchten Fluren. Das Wasser stieg immer weiter an und machte jeden Schritt zur Qual. Mittlerweile stand es mir bis zur Hüfte. Aus den Glühwürmchen wurden Leuchtfische, die sich in die trübe Brühe fallen ließen.

Hatte ich das Spiel bereits verloren? Sie hatte gesagt, man würde auf mich warten – nur wo? Dieser goldene Schlüssel wollte nirgends passen. Keine der Türen ließ sich öffnen.

Du lächelst, als wärst du schlauer als ich! Vermutlich bist du es auch. Ich sehe dir an, dass dir die Lösung auf der Zunge liegt, die mir dort unten so lange nicht eingefallen ist. Ich mag alt sein, aber nicht dumm. Als ich gerade aufgeben wollte, in diesem Moment der Ruhe, die ich mir sonst nicht gönne, da fiel es mir endlich ein.

Ich legte den kleinen goldenen Schlüssel auf meine Zunge, schloss die Augen und schluckte. Keinen Herzschlag später fiel ich nach hinten in das Wasser.

Es war warm, und ich sank langsam immer tiefer in das innere Meer. Die Gastgeberin hatte recht gehabt: Dort unten warteten sie bereits auf mich. Wie ein neugieriger, aber scheuer Fischschwarm kamen sie näher. Was ich jedoch zuerst für Fische hielt, entpuppte sich beim Näheren hinsehen als Dutzende, wenn nicht Hunderte kleiner menschlicher Körper. Nackte Miniaturmänner, die mich aus dunklen Glubschaugen teils verängstigt, teils erwartungsvoll ansahen. Ich wusste nicht, was sie von mir wollten, aber der Drang, mit ihnen zu schwimmen, wurde immer stärker.

Schillernde Blasen leuchteten in dem dunklen Wasser auf. Dumpf, aber unüberhörbar vernahm ich plötzlich eine Stimme. Auch der Schwarm horchte auf. Die kleinen, nackten Körper begannen, vor Aufregung zu zittern. Es war die Stimme der Gastgeberin, die zu uns sprach.

Kennst du dieses Gefühl: Schwebende Hände, die sich vorsichtig umkreisen?

Kennst du dieses Gefühl: Der verblassende Geschmack der kandierten Erinnerungen in deinem Mund?

Kennst du dieses Gefühl: Das Treiben in einem Käfig aus unsichtbaren Wänden?

Kennst du dieses Gefühl: Worte gleiten aus Glitzer und Rausch auf das scheue Papier und verwandeln es?

Kennst du dieses Gefühl: Nach einer Nacht im flirrenden Schmetterlingslicht, wenn die Vögel heller singen als die Dämmerung?

Ich beantwortete jede einzelne Frage sehr gewissenhaft, auch wenn ich mich nicht mehr genau an meine Antworten erinnere. Nach jeder Antwort meinte ich, eine kleine Melodie zu hören, doch durch das brackige Wasser des inneren Meeres konnte ich nicht sagen, ob es immer dieselbe war.

Als die letzte Frage gestellt und beantwortet war, erfasste mich ein Sog, als hätte jemand den Stöpsel gezogen. Gleich darauf wusste ich nicht mehr, wo oben und unten war.

Das nächste, an das ich mich erinnere, ist, dass ich mich zusammen mit einem Dutzend anderer Männer, die ebenso nackt waren wie ich, in einem kleinen, dunklen Raum wiederfand. Das einzige Licht spendete das Testbild eines Fernsehers.

Plötzlich flackerte der Fernseher. Als das Bild sich wieder beruhigte, zeigte es das Gesicht der Gastgeberin.

Ihr könnt euch wieder anziehen. Kommt nach oben, wir wollen tanzen.

Die anderen Männer redeten aufgeregt durcheinander. Sie ahnten, dass das Spiel vorbei war, aber sie verstanden nicht, was das nun für sie bedeutete. Sie bekamen keine Antworten, also ergaben sie sich ihrem Schicksal, zogen sich an und gingen.

Ich blieb stehen. Wir sahen uns lange in die Augen.

Kennst du dieses Gefühl, fragte ich. Es ist wie Zigaretten drehen ohne Rauchen zu wollen. Man raucht dann doch, aber es geht ums Drehen.

Die Gastgeberin lachte.

Komm her und gib mir einen Kuss.

Ich zerschnitt mir die nackten Fußsohlen an den Knochen kleiner Tiere, die den gesamten Boden bedeckten. Um den Fernseher zu erreichen, musste ich mich auf Zehenspitzen stellen. Zärtlich hauchte ich einen Kuss auf die matte Scheibe. Dann zog ich mich an und tanzte bis in den Nachmittag.

Nun fragst du dich, warum ich dir das alles erzählt habe. Es steht dir ins Gesicht geschrieben. Die Anekdote einer Party, die nicht anders war als jede andere. Ich sage es dir: Eine Sache lässt mich nicht mehr los. Ich kannte die Gastgeberin nicht. Ich weiß nicht ihren Namen, und ich weiß nicht, warum sie mich eingeladen hat. Und gleichzeitig kenne ich sie wie keine andere. Ich habe nie einen anderen Menschen gekannt, nur sie.

Mein Herz schlägt wieder, und das macht mir Angst.

Die Ruinen
unserer Augenblicke

Erinnerst du dich an das Große Schweigen, von dem wir anfangs alle dachten, es würde nach zwei, drei Monaten gebrochen werden? Natürlich erinnerst du dich. Alle erinnern sich. Aber du bist schlau gewesen und fortgegangen. Manche, die dich weniger gut kennen als ich, sagen, du hättest uns im Stich gelassen. Unsere alte Bekannte würde nun wohl einwenden, dass die Zweifelnden deine Bedeutung überschätzen.

Ich schweife ab, bevor ich begonnen habe. Das Große Schweigen. Was ich dir erzählen will – erzählen muss –, hat sich im dritten oder vierten Jahr zugetragen. Oder war es bereits im zweiten? Spielt es überhaupt eine Rolle? Vor dem Großen Schweigen verloren wir die Zeit im Rausch. Daran waren wir gewöhnt. Doch plötzlich verloren wir sie in der Trostlosigkeit. Nicht alle haben sich davon erholt.

Es war ein Sommer, der sich noch nicht entschieden hatte, ob er nicht lieber in den Frühling zurückfallen wollte. So habe ich es jedenfalls in Erinnerung. Ich endete schließlich in den Stillen Straßen, die schon vor dem Schweigen so hießen. Die alte Sentimentalität, die mich wie ein seelisches Rheuma quält, hatte mich wohl dorthin geführt. Lange Zeit waren die Stillen Straßen meine geheime Zuflucht gewesen, ein urbaner Tempel, in den ich mich zurückzog, wenn ich den Lärm unserer Nächte nicht mehr ertragen habe. Bis ich an einem Morgen im Lichterhaus, die Glieder taub vom rituellen Stampfen auf dem Beton der Ekstase und den Schädel voll mit Blütenstaub, irgend jemandem davon erzählt haben muss. Dann kamen die Pilger mit ihren geröteten Augen und ihrem spastischen Lächeln. Alle Gestalten, die ich so sehr liebe, dass ich mich ihnen mit Freuden entziehen kann, waren nun dort, wohin ich vor ihnen geflohen war.

Und dann kam das Große Schweigen und alle Straßen waren still.

Die Sonne stand seltsam tief an jenem Tag, wie in dem einen Sommer in Obida. Oder war es Iotar? Oder eine dieser Städte mit den unaussprechlichen Namen, die nur aus Konsonanten bestehen? Die jeder anders ausspricht?

Es spielt keine Rolle. Außerdem sehe ich deinem Blick an, dass du sowieso längst weißt, welche Stadt ich meine. Solche Augenblicke vergisst du nicht.

Bevor ich in den Stillen Straßen endete, war ich auf dem Weg zum Lichterhaus, und das verrät viel über die Sentimentalität, an der ich mich in jenen Tagen aus Mangel an Alternativen berauschte. Jemand hatte mir gesagt, dass es mittlerweile seine eigenen Lampen vergessen hätte, weil es solange still und unbeleuchtet gewesen war. Das wollte ich mit eigenen Augen sehen, vor allem, um meine persönliche Theorie zu bestätigen, dass bloß ein paar nostalgische Narren die Lampen geklaut hatten. Zur Sicherheit hatte ich Werkzeug mitgenommen. Falls sie eine übersehen hätten.

Doch dann blendete mich die Sonne. Es war eine obszöne Sonne, gehässig und selbstgefällig. Ich floh vor ihrem Blick zwischen die Häuser und schlug instinktiv einen Weg ein, der mich immer mehr von dem Lichterhaus entfernte.

Die Gassen waren dunkel und kühl. In ihnen hausten die späten Kinder des Frühlings. Niemals schlüpfende Schmetterlinge in vertrockneten Kokonsärgen hatten sich mit vergilbten Pollen und dem grauen Auswurf der Stadt zu hundsgroßen Mahnmalen unerfüllter Versprechen vermengt. Aus ihren Schatten sahen welke Blumenkinder durch mich hindurch. Die wenigen, die noch etwas Willen besaßen, bettelten freudlos um ein paar Tropfen Wasser, ohne Hoffnung auf Erfolg. Ich enttäuschte sie nicht und eilte weiter. Mein Mitgefühl war so groß, dass ich es nicht ertrug, ihnen zu helfen.

Bald hatte ich diesen Teil der Stadt verlassen. Bei einem der wenigen Straßenhändler, der seinen Stand und sich selbst noch nicht aus Verzweiflung verbrannt hatte, kaufte ich eine Flasche Krakenbier. Fast hätte ich ein Gespräch mit ihm begonnen. Ich konnte deutlich seine Erleichterung sehen, als ich mich dagegen entschied.

Das Bier schmeckte so bitter, dass es mir den Magen umdrehte. Ein prüfender Blick auf das Etikett versicherte mir, dass es schon lange vor dem Großen Schweigen abgelaufen war. Es war widerlich, aber ich zwängte es mir rein. Schließlich hatte ich dafür bezahlt.

Es war einsam in den Straßen. Als wären in den Monaten des Schweigens nach und nach die Einwohner fortgezogen. Und ein paar wenige wie mich hatte man vergessen. So weit hatte mich die Melancholie jener Tage im Griff, dass ich bei meiner Wanderung darüber philosophierte, ob überhaupt jemals so viele Menschen in der Stadt gelebt hatten, um sie ganz auszufüllen. Vielleicht, dachte ich, gab es überhaupt nur die paar Hundert, denen ich immer wieder im Salon der Eitelkeiten, im Verborgenen Garten oder einer der anderen Stätten unserer heiligen Exzesse begegnet war.

Ich glaube, damals begriff ich zum ersten Mal wirklich, was es bedeutet, nüchtern zu sein.

Das Krakenbier gärte in meinem Magen nach. Es fühlte sich an, als suchte ein mehrköpfiger Hefewurm nach einem Ausgang, bevorzugt über den Weg, den er gekommen war. Während ich noch überlegte, ob ich mich übergeben sollte, erkannte ich plötzlich, wo ich mich befand.

Im Großen Schweigen waren alle Straßen still, doch diese Straßen waren *still*. Es gibt einen Unterschied zwischen zusammengepressten und ruhenden Lippen. Diese schlichte Wahrheit hatte ich vorher nie verstanden.

Ich schluckte das revoltierende Bier erneut hinunter und trat auf das Kopfsteinpflaster zwischen den gewellten Bürgersteigen. Die Steine waren weich und dämpften meine Schritte. Das Licht war seltsam anders. Der Himmel war klar und wirkte trotzdem, als hinge zwischen ihm und mir ein feiner Schleier. Es war wie eine Dämmerung am helllichten Tag, gleichzeitig hell und dunkel, ohne dabei das eine oder das andere zu sein.

Es ist lange her, sagte ich und war überrascht, wie leicht mir Worte über die Lippen kamen.

Dann sah ich das Haus am anderen Ende der Straße. Und es sah mich. Es hatte ein schmales Fassadengesicht mit einem ewig staunenden Türmund. Man hatte es karmesinrot verputzt und ihm einen spitzen Dachhut aufgesetzt. Die Dachschindeln schimmerten wie die Kokons narkotischer Preziosenfalter. Doch weder sein Äußeres noch der Umstand, dass ich es bei keiner Wanderung zuvor gesehen hatte, weckten meine Neugier. Es war die Gestalt, die im linken Fensterauge saß und rauchte.

Trotz der Entfernung, die zwischen uns lag, konnte ich sie genau erkennen. Eine junge Frau, der man unzweifelhaft ansah, dass sie sich vor allem von den Worten und Gedanken der Philosophen ernährte. Solche Menschen wirken gleichzeitig satt und ewig hungrig. Ihre Körper sind von einer lüsternen Dürre. Sie war da keine Ausnahme. Bevor ich weiter darüber nachdenken konnte, setzte mein verräterischer Körper bereits einen Fuß vor den anderen.

Links und rechts glitten behäbig Gebäude vorbei, denen ich keine Beachtung schenkte. Mit jedem Schritt wurde die Straße vor mir kürzer, doch das überraschte Haus an ihrem Ende kam nicht näher. Ich beschleunigte meinen Schritt. Was bloß dafür sorgte, dass ich schneller erschöpfte. Mit einem Flügel lässt sich nicht gut fliegen, das gilt auch und besonders für die Lunge.

Die ganze Zeit über saß sie am Fenster. Ihr Rauchen setzte mir noch mehr zu und nahm mir jegliche Illusion, dass ich das alte Laster wirklich überwunden hatte. Ich konnte nicht erkennen, ob mein Abmühen sie amüsierte, aber immerhin schien es sie soweit zu interessieren, dass sie nicht für einen Herzschlag den Blick abwandte. Sie blinzelte nicht einmal. Sie saß einfach da, führte dann und wann die Zigarette zu den vollen Lippen und trank vom Rauch. Obwohl sie von einer fast silbrigen Blässe war, waren ihre Hände so rot, als hätte sie sie kürzlich in einem Topf kochenden Wassers gebadet.

Als mein verbliebener Lungenflügel kurz davor stand, ebenfalls für alle Zeiten den Dienst zu quittieren, stand ich unvermittelt vor der Tür. Keuchend warf ich einen Blick zurück. Die Straße kam mir wahnwitzig kurz vor, mit vielleicht drei, vier gedrungenen Häusern zu jeder Seite. So gut konnte ich das nicht erkennen, denn vor meinen Augen tanzten leuchtende Flecken.

Ich wollte mich an der Tür abstützen und wäre fast umgefallen. Jemand musste die Tür geöffnet haben, als ich nicht hingesehen hatte, und dieser Jemand entpuppte sich als langer, spindeldürrer Mann mit einer Pestmaske. Dunkle, wie Mottenaugen geformte Scheiben verbargen seinen Blick, und trotzdem spürte ich, dass er mich mit wenig Wohlwollen musterte.

Das war ich gewöhnt. So besehen mich viele beim ersten Mal.

Ich klopfte meinen Mantel ab und gab vor, nach einer Einladung zu suchen. Dabei fiel ein rostiger Schraubendreher aus der linken Manteltasche. Ich tat so, als hätte ich es nicht bemerkt.

Das Pestgesicht verneigte sich steif und deutete mir, einzutreten. Ich, der selten eine Einladung zu irgendetwas ausschlägt, zögerte keinen Augenblick.

Drinnen war es dunkel, warm – und nicht still. Verstehe mich nicht falsch: Es war keineswegs laut. Aber ebensowenig war es still, und angesichts des Großen Schweigens war das verwirrender als der Setzlingstrip, den mir die drei Mütter der Ekstase im Kristallbad beschert hatten. Du weißt schon, die Geschichte mit dem verschleierten Kind und dem goldenen Garten.

Das war es, was mich verwirrte: Ich befand mich in einer Gesellschaft.

Meine Instinkte überwanden meine Verwirrung. Ich ließ das Pestgesicht stehen und begab mich auf Erkundungsgang. Es fiel mir leicht, schließlich hatte ich mein Leben lang kaum etwas anderes gemacht. Außerdem hatte ich ein Ziel, das irgendwo in diesem Haus an einem Fenster saß und rauchte.

Moltontapeten schmückten die Wände. Auf ihnen fraßen sich die Milben an uraltem Staub fett. Die dunklen Holzdielen fühlten sich nach den weichen Steinen der Stillen Straßen hart wie Beton an. Und alles war in das schummrige Licht betagter Leuchtfische getaucht, die mit träger Zufriedenheit in ihren Glaskugeln schwammen.

Ich folgte dem schmalen Flur auf der Suche nach einer Treppe, die nach oben führte. Aus den offenen Türen zu beiden Seiten drangen Gesprächsfetzen, Gelächter, sogar leise Musik. An jeder Tür blieb ich kurz stehen. Ich gab mir Mühe, äußerlich wie ein gelangweilter, herumschlenderter Gast zu wirken, doch innerlich war ich ein verwirrter, von Klängen berauschter Nachtfalter.

Wie soll ich dir dieses wunderliche Haus beschreiben, in dem ich mich befand? In vielerlei Hinsicht glich es den geliebten Orten unserer schönsten Verhängnisse und war doch betörend fremd. In einem Moment kam es mir vor, als hätte man das Lichterhaus in eine fremde Zeit versetzt – vor den Vinylgottheiten, vor den mechanischen Leuchtkäfern, vor den Bässen, die unsere Herzschläge ersetzten. Und trotzdem gesättigt von den gleichen fatalen Sehnsüchten, den Liebkosungen des Rausches und dem gemeinschaftlichen Taumel, die ein Leben erträglich machen.

Ich erinnerte mich an ein Gespräch mit dem großen Klassiker. Er hatte mir weismachen wollen, dass die Zeit in beide Richtungen verläuft. Die Zukunft werde mit jedem Tag mehr – nicht weniger, da irren wohl die meisten –, und genauso würde die Vergangenheit immer mehr. Nur wir stehen in der Mitte und bewegen uns nicht. Oder so ähnlich. Das Gespräch wurde damals von einer hysterischen Triangelprophetin unterbrochen, die uns mit einer dritten Zeitausdehnung kam, und da habe ich mich davongeschlichen und in allen Zeiten gleichzeitig getanzt.

Als ich mich daran wieder erinnerte – an das Gespräch, nicht das Tanzen –, fragte ich mich plötzlich, ob der große Klassiker vielleicht recht hatte. Vielleicht hatte sich das Lichterhaus nicht nur in seine dunkle, schweigende Zukunft entwickelt, sondern gleichzeitig in die elegantere Vergangenheit, in der ich nun stand.

Ein Löffel schlug sanft dreimal gegen ein Sektglas. Der Klang riss mich aus den Gedanken, und ich merkte, dass ich mehrere Minuten in einen Saal mit verspiegelter Decke gestarrt hatte. An einem Dutzend runder Tische saßen Menschen in Abendgarderobe und mit Tiermasken. Jemand schickte sich an, eine Rede zu halten. Ich ergriff eiligst die Flucht. Gerade als ich mich abwandte, schaute ich zufällig nach oben. Die gespiegelte Festgesellschaft bestand aus Tieren in Abendgarderobe und mit Menschenmasken. Ich vermied es, mich zu besehen.

Im Flur glitt auf vier Tentakeln ein Diener an mir vorbei. Mit den anderen Armen balancierte er waghalsig gestapelte Dessertteller. Ich wollte ihn nach der rauchenden Worthungrigen fragen, doch bevor ich meine Frage stellen konnte, war er mit der Flüchtigkeit eines Gedankens verschwunden.

Aus Mangel an Optionen sah ich in den Raum, aus dem er gekommen war. Er war größer als der Spiegelsaal auf der gegenüberliegenden Seite und wirkte wie eine Mischung aus Salon und Kasino. Überall brannten Zigarren, auch wenn selten eine Hand nach ihnen griff. Sie lagen einfach in ihren Messingschalen, glühend rote Augen in der Schummrigkeit, und produzierten dicken Qualm. Einige steckten wie Kerzen in Kandelabern. Der Qualm hing so dicht in der Luft, dass ich keine Gesichter erkennen konnte. Eigentlich sah ich nicht einmal die Köpfe dieser Gesellschaft, die in kleinen Grüppchen zusammensaß oder -stand.

Ich ging weiter. Vorbei an etwas, das wie ein Ausstellungsraum für unvollendete Bücher aussah, deren Fragmente auf Papierfahnen gedruckt von der Decke hingen, und an einer Kammer, in der ein einsamer Musiker Saxophon spielte. Er war gut, daher wunderte ich mich erst, dass ihm niemand zuhörte. Doch kann begann ich zur spüren, wie seine Musik mir etwas nahm, als wollte sie meine Seele nicht zum klingen bringen, sondern sie verschlingen. Eiligst ergriff ich die Flucht.

Das sind nur ein paar Beispiele, an alle Räume erinnere ich mich nicht mehr. Die vertraute Leichtigkeit des Rausches setzte ein, obwohl ich noch nicht einen Schluck von irgendetwas genommen hatte. Mein verräterischer Körper erinnerte sich auch so und schleuderte mich in einen Zustand glücklichen Taumelns.

Ich mag mich allerdings irren. Es kann ebenso passiert sein, dass ich einem vorbeigleitenden Diener einen Drink vom Tablett weggeschnappt habe.

Ich fand so vieles, nur keine Treppe, die nach oben führte. Dafür fand ich mich irgendwann an einem Tisch wieder, ohne zu wissen, wie ich dort hingekommen war. Zu meiner Überraschung kannte ich die meisten meiner Tischnachbarn.

Zu meiner Linken saß der Gelbe Gockel. Er schien nicht wirklich an der Gesellschaft teilzuhaben. Stattdessen wühlte er sich durch einen unübersichtlichen Haufen von Manuskriptseiten. Ab und zu griff er nach einer Seite, schnäuzte hinein oder trocknete sich damit die tränennassen Wangen, und dann zerknüllte er das Papier und aß es. Er wirkte durch und durch verzweifelt. Ich versuchte, einfach nicht hinzusehen. Es war zu traurig. Zumal ich ihn schon kannte, als er wirklich gut gewesen war.

Vier waren ebenfalls da. Zumindest waren sie in jener Stunde Vier. Als ich sie das letzte Mal gesehen hatte, waren sie Sieben – und mir bedeutend sympathischer. Mit Vier kam ich einfach nicht klar.

Erinnert du dich noch an sie? Sie waren einmal eine Person gewesen oder zumindest ein Bewusstsein, bevor es zersplitterte. Seitdem teilten sich neun verschiedene Bewusstseine einen Körper. Es heißt, dass sie aus den Splittern des ursprünglichen Bewusstseins die Gläser der Brille geschmolzen haben, die sie immer trugen. Auf den getönten Gläsern stand die Zahl der Person, die sie gerade waren. Das war sehr hilfreich. Man wusste gleich auf dem ersten Blick, was einen erwartete, zumindest, wenn man sie lange genug kannte.

Manchmal sprachen sie über die ursprüngliche Person, die sie einmal gewesen sind. Sie nannten sie Null.

Jämmerlich, nicht wahr?, kommentierten Vier mit einer obszön lauten und tiefen Stimme, die nicht recht zu dem schlanken Körper passen wollte. Das macht er nun schon seit Tagen. Wir hoffen, dass er nicht etwas hervorwürgt, das wir uns dann anhören müssen.

Fünf hat die letzte Erzählung des Gockels gefallen, merkte eine Stimme zu meiner Rechten an.

Fünf lügt, sagten Vier.

Ich drehte den Kopf zu der unbekannten Stimme und dort saß auf der Spitze einer Kissenpyramiden eine Zwergin mit einem flachen Schädel. Wie um diese Eigenheit noch stärker hervorzuheben, hatte sie sich das flache Obere ihres Schädels glattrasiert. Gleichzeitig hingen dünne Haarfäden von den Rändern wie ein Vorhang hinab.

Da ich weder dem Gelben Gockel noch Vier meine Aufmerksamkeit schenken wollte und auch keine Lust auf Selbstgespräche hatte, stellte ich mich der Zwergin vor.

Erfreut, sagte sie und hielt mir eine Miniaturhand hin, die ich vorsichtig ergriff. Mein Name ist Sakara.

Das mag sich vielleicht seltsam anhören, aber wo genau befinde ich mich hier?

Weiß das Halbtote das wirklich nicht?, dröhnten Vier.

Sakara lächelte mich milde an.

Das ist nicht die eigentlich Frage, die du stellen möchtest.

Ich bin wohl leicht zu durchschauen, was? Nun, eigentlich suche ich die Treppe nach oben. Weißt du, wo ich sie finde?

Wusste ich es doch, sagte Sakara, entließ endlich meine Hand, gab ein zufriedenes Schmatzen von sich und lehnte sich in die Kissen zurück. Hast du es im linken oder im rechten Fenster gesehen?

Im linken, antworte ich schneller als mein Misstrauen reagieren konnte.

Und du hast noch nicht erkannt, was es dir gezeigt hat?

Ich hörte, wie Vier Luft holten, wahrscheinlich um irgendeine spöttische Bemerkung von sich zu geben, doch Sakara hob eine Hand und Vier schwiegen.

Ich verstehe nicht ... Was sollte ich erkennen?

Vielleicht eher: wen? Na? Immer noch nichts? Mh, offensichtlich nicht. Das hätte ich mir denken können, entschuldige bitte. Ich will ganz offen zu dir sein, denn ich mag dich. Und wie verloren du ausschaust! Trotzdem hast du es hierhin geschafft, und das sollte belohnt werden.

Ich verliere den Gesprächsfaden.

Sakara strich über das oberste Kissen ihrer Sitzpyramide und lächelte mich freundlich an, bevor sie schlagartig ernst wurde. Sie sagte nur ein Wort.

Nexia.

Der Gelbe Gockel verschluckte sich an dem Anfang einer schlechten Geschichte. Im gleichen Moment erklang ein Klirren, und als ich zu Vier sah, erkannte ich an ihren getönten Brillengläsern, dass sie nun Acht waren.

Ich selbst wurde von einem eigenwilligen Schwindel erfasst. Es war ein Gefühl wie an jenem Tag, als ich fast meinen rechten Zeigefinger verloren hatte. Dieses Gefühl der Gewissheit, das ich hatte, noch bevor der Schmerz einsetzte. Dass etwas Schlimmes geschehen war, das sich nicht wieder richten ließ.

Ich stammelte irgendetwas. Plötzlich berührten Acht meinen Arm.

Hab keine Angst, sagten sie mit wie im Stimmbruch hüpfenden Silben. Alles wird sich wieder zusammenfügen.

Du kennst diesen Namen. Und nun fragst du dich, woher du ihn kennst.

Ja, antwortete ich der Zwergin und sehnte mich nach einem Drink.

Ich ... ich muss gehen, stammelte der Gelbe Gockel und versuchte hektisch, seine Manuskripte in einem abgewetzte Tasche zu stopfen. Ich ... ein Auftritt! Ja! Völlig vergessen! Haha, manchmal habe ich wirklich nur Papier im Kopf, was? Ähem, nun dann, wie sagt man so schön –?

Bleib sitzen, Gockel!, befahl Sakara und der Tintenkleckser gehorchte. Weißt du immer noch nicht, wo du bist, mein Freund?

Es heißt Das Bedauern, sagten Acht.

Bedauern? Nie davon gehört.

Und doch hast du den Weg hierhin gefunden, überging Sakara meinen lauen Versuch eines Witzes. Du hast ihr ein Versprechen geben, war es nicht so? Oh ja, wusste ich es doch. Dein Kopf weigert sich noch, das Naheliegende zu erkennen, doch durch deine Augen sehe ich, wie dein Herz begreift.

Ich löste mich von dem forschenden Blick der Zwergin und sah mich in dem Raum um. Die anderen Tischen waren kaum erleuchtet. Gedämpftes Gemurmel erfüllte die Luft, doch die anderen Anwesenden sprachen nicht. Sie saßen aufrecht und gebannt da und sahen zu uns hinüber.

Zu gerne wäre ich aufgesprungen, aber mein Körper weigerte sich. So hockte ich in dieser erwartungsvollen Atmosphäre und wusste nicht, wohin mit mir. Immerhin schien der Gelbe Gockel mein Unbehagen zu teilen.

Über das anhaltende Gemurmel hinweg hörte ich ein Klatschen und Schlurfen, und dann bahnte sich ein Oktopus seinen Weg zwischen den Tischen hindurch. Neben meinen Platz angenommen, verneigte er das weiche Haupt und reichte mir mit einem Tentakel einen Drink.

Das Getränk geht aufs Haus.

Dann kroch er wieder davon.

Es kam mir wie ein Ewigkeit vor, aber das konnte ich mir ebensogut eingebildet haben.

Um Zeit zu gewinnen, nippte ich ganz langsam an dem Drink. Sein scharfer Geschmack erinnerte mich an etwas, das ich viel zu lange nicht mehr gekostet hatte.

Nun?, fragte die Zwergin.

Ich würde auf Erste Küsse, Jahrgang 79, tippen, aber es fehlt der Fruchtrand am Glas.

Dein Ausweichen verrät dich. Du erinnerst dich an das Versprechen. Du erinnerst dich an den Augenblick, in dem dein Herz die Worte zu einem Schwur zusammennäht.

Du erinnerst dich an die Stunde des Morgens, flüsterten die anderen Anwesenden im Chor; nur der Gelbe Gockel beteiligte sich nicht.

Du erinnerst dich an das Gesicht, das im Dunkeln bleiben will, doch ein scheuer Lichtstrahl hat einen Weg durch die Vorhänge gefunden und enthüllt dir ihre Züge.

Du erinnerst dich an ihren Geruch, du riechst ihn jetzt, schließe nur die Augen und spüre ihre Haut.

Du erinnerst dich, dass du sie nicht verletzen willst, indem du zugibst, dass du sie verletzten wirst.

Der Gelbe Gockel wimmerte und stopfte sich Papier in die Ohren.

Du erinnerst dich, sagte Sakara.

Du erinnerst dich, sagten Acht.

Du erinnerst dich, sagte der Chor.

Du erinnerst dich, formten irgendwo über mir rote Lippen, bevor sie sich um den Zigarettenfilter schlossen.

Ja, sagte ich. Ich erinnere mich.

Alles verstummte. Selbst das falsche Hintergrundgemurmel schwieg, und die Leuchtfische verharrten schwerelos treibend in den trüben Schalen.

Ich stand auf. Dabei raschelte mein Mantel in der Stille wie die Flügelschläge eines aufgeschreckten Taubenschwarms. Ich prostete der Zwergin und allen anderen zu. Dann trank ich das Glas in einem Zug leer und stellte es Sakara auf den flachen Schädel.

Ich habe mich geirrt, sagte ich. Es ist Jahrgang 41.

Ich drehte mich um und merkte, wie ich schwankte. Nach all der Zeit war ich wirklich nichts mehr gewöhnt.

Du kannst jederzeit zurückkommen.

Ich sah mich zu Sakara um. Sie wirkte gelassen. Das Glas auf dem Kopf verstärkte den Eindruck nur noch.

Natürlich. Mit Bedauern kenne ich mich aus. Aber es gibt etwas, das ich noch besser kann.

Mit diesen Worten tänzelte ich nach draußen. Der Alkohol half mir, den Weg zu finden. Die Treppe suchte ich nicht länger.

Und jetzt schaust du mich an und fragst dich, ob das schon das Ende sein soll. Es mag dich überraschen, aber ich habe Prinzipien. Es sind nicht viele, aber mehr als viele unserer Freunde sammeln. Und dieses eine Versprechen gehört dazu.

In Anbetracht unserer langen Freundschaft und dessen, was du für mich getan hast, will ich dir jedoch noch diese Kleinigkeit erzählen.

Das Pestgesicht hielt mir bereits die Tür auf, und ich verneigte mich gut gelaunt vor ihm. Hätte ich noch in irgendeiner Tasche Konfettifalter gehabt, ihr hätte ihm zum Abschied eine Handvoll davon geschenkt.

Beim Rausgehen fiel mir mein alter Schraubendreher auf, der immer noch auf der

Türschwelle lag. Ich bückte mich und hob ihn auf. Kaum verstaute ich ihn in der Manteltasche, fiel hinter mir die Tür ins Schloss.

Mittlerweile war es Herbst geworden. Ich schlug den Kragen meines Mantels hoch, vergrub die Hände in den Taschen und atmete tief ein. Mein Lungenflügel sog Luft für zwei in sich ein.

An der Hausecke stand sie und rauchte. Ich nahm sie eher aus dem Augenwinkel wahr und vermied es, in ihre Richtung zu blicken.

Wir tanzen in den Ruinen unserer Augenblicke, sagte sie.

Ihre Stimme klang anders. Allerdings hörte ich sie zum ersten Mal nach so langer Zeit nicht bloß in meinem Kopf.

Das ist schön. Traurig, aber schön. Von wem ist das?

Das ist von dir.

Ich nickte und lächelte. Wind wehte Blätter durch die Stillen Straßen. Trotzdem blieben das Knistern ihrer Zigarette und mein Atmen die einzigen Geräusche.

Danke, sagte sie.

Keine Ursache. Ich vergesse es nicht.

Ich sprang die Stufen hinab auf die weichen Steine. Es waren nicht bloß sie, die meinen Schritt federn ließen.

In der Wurzelgruft

Ich habe schon lange geahnt, dass das Lichterhaus mir eines Tages zum Verhängnis werden würde. Als es dann passierte, bekam ich es nicht einmal mit. Meine Erinnerungen an jene Nacht, in der ich starb, sind in Myriaden leuchtender Scherben zersplittert. Das verzweifelte Lachen des Kindlichen Buddhas und die drei Mütter der Ekstase gesellen sich zusammenhanglos zu tanzenden Einrädern, singenden Elefanten und blinden Raupen, die über verstaubte Schallplatten kriechen. Ich habe wirklich gehofft, dass du mir weiterhelfen könntest. Aber um deine Erinnerung ist es nicht besser gestellt.

Danke, dass du nach mir gesucht hast. Das ist nicht selbstverständlich. Ich weiß es wirklich zu schätzen.

Es gibt noch etwas, an das ich mich erinnere. Das letzte, bevor ich starb. Eine kleine Frau mit schmutziggrünen Locken, die sich wie mein Spiegelbild bewegte. Lächelnd kam sie näher. Ich weiß bis heute nicht, wer sie war, aber ich weiß, dass sie wichtig ist für alles, was danach geschah. Immer, wenn ich mir ihr Bild in Erinnerung rufe, überrollt es mich mit der Wucht einer Dampfwalze aus

Rasierklingen und Fleischermessern. Und dann sehe ich ein offenes Fenster, eingerahmt von nikotinfarbenen Spitzenvorhängen. Hinter mir mit der Nervosität eines Stummfilms flackernde Lichter, vor mir der aufziehende Morgen. Eine schmale Hand mit brüchigen Fingernägeln lenkt meine Schritte nach vorne. Ich atme die Morgenluft, die mir durch das offene Fenster entgegenweht, modrig und satt wie eine alte Gruft am Rande eines Sumpfes. Als letztes spüre ich mich mit einer beschwingten Leichtigkeit und zum ersten Mal seit Ewigkeiten fühle ich mich mit meinem Körper versöhnt.

Ich denke, das war mein Abgang. Aber davon will ich dir eigentlich gar nicht erzählen. Es sind nur wirre Fragmente, die zur eigentlichen Geschichte führen.

Natürlich wusste ich nicht, dass ich tot war. Das wurde mir erst sehr viel später bewusst. Doch ich will nicht vorgreifen.

Ich kam unter einer alten, baufälligen Brücke zu mir, deren Betonhaut mit Schimmelmoos und Flechten überzogen war. Die schmutzigen Brückenfeiler ragten über ein

Dutzend Meter auf. Mich irritierte die Schwere meines Körpers.

Ich lag auf einer Matratze. Sie schien zu leben, jedenfalls bewegte sich etwas in ihr. Ich dachte nicht weiter darüber nach. Mich beschäftigte vielmehr die Frage, warum ich dort war und wie ich dorthin gelangt war. Noch ergab das alles keinen Sinn für mich.

Als ich versuchte, mich aufzurichten, traten meine nackten Füße in etwas Spitzes. Das bedeutete: Man hatte nicht nur meine Erinnerungen sabotiert, sondern mir auch meine Schuhe gestohlen. Ich fluchte. Dann sah ich mich genauer um.

Die lebende Matratze lag inmitten eines Sees aus Knochen. In alle Richtungen türmten sich unter der Brücke kleine, spitze, hohle Knochen. Ein Vogelfriedhof. Zu meinem Glück schien gerade keine Sterbesaison zu sein, jedenfalls sah ich keine frischen Kadaver. Mit dem Kopf auf verendenden Vögeln aufzuwachen, hätte mir die Laune noch mehr verdorben.

Die Matratze seufzte erleichtert auf, als ich mich endlich erhob. Sie sonderte dabei Spermafäden ab, die an meinem Mantel hängen blieben. Ich wischte sie ab und balancierte behutsam durch die Knochen, doch so vorsichtig hätte ich gar nicht sein können, dass ich mir nicht die Füße zerschnitten hätte. Ich verfluchte den elenden Schuhdieb und stellte mir vor, wie ich seine Lungen mit fein zerriebenem Knochenmehl füllte, bis er daran erstickte. Die Vorstellung alleine verschaffte mir keine Genugtuung, also malte ich mir das Schicksal des Schuhdiebs auf noch grausamere Weisen aus.

Du kennst mich und weißt, wie ich mich in meine Folterfantasien verlieren kann. Daher war ich auf das Kommende nicht vorbereitet. Die Brücke hatte mich zu dem Trugschluss verleitet, dass ich mich noch in der Stadt befand. Doch jenseits des Brückenschattens empfing mich ein so sattes Grün, dass ich von seinem Anblick würgen musste. Die Äste der Bäume waren ausladend und griffen auf eine obszöne Art ineinander. Über das, was ich für ein vertrocknetes Flussbett hielt, bildeten sie einen grünen Tunnel. Es schien heller Tag zu sein, doch die Blätter ließen nicht mehr als Zwielicht durch. Nur vereinzelt malten durchbrechende Lichtstrahlen goldene Flecken auf den Boden. Es war drückend warm, ich konnte kaum atmen, dennoch behielt ich den Mantel an, aus der diffusen Angst, dass man ihn mir wie meine Schuhe stehlen könnte, würde ich ihn auch nur kurz ablegen.

Wieder versuchte ich zu verstehen, wie ich in diese Lage gekommen war, doch je mehr ich mich konzentrierte, desto mehr entzogen sich mir meine Erinnerungen. Das Rätsel schien sich nicht so einfach lösen zu lassen. Dabei war es so naheliegend.

In meiner Hilflosigkeit durchsuchte ich meine Taschen. Ein ausgekratzter Kronkorken, ein Kugelschreiber, zwei Feuerzeuge, die ich nie vorher gesehen hatte, eine kandierte Heuschrecke und alte Brotkrumen im Mantel, in der rechten Hosentasche einige klägliche Silberfische. In der linken Tasche fand ich eine Handvoll Konfettifalter. Ich warf sie in die Luft, doch sie segelten zu Boden. Anscheinend waren sie in meiner Hose vertrocknet.

Ich entfernte mich von der Brücke. Brennnesseln und Farne wuchsen hüfthoch, der trockene Boden war hart wie Asphalt. Ich machte mir keine Gedanken über den Dreck, der durch die Schnittwunden an meinen Füßen ins Fleisch drang. Nach ein paar Metern entdeckte ich zwischen den Bodenpflanzen alte Schienen. Ich hatte mich wieder geirrt: Dies war kein Flussbett. Der Anblick der Schienen gab mir Hoffnung. Wie die Brücke waren sie Zeichen der Zivilisation. Ich war nicht völlig in dem aufdringlichen Grün verloren. Die Schienen konnten mich zurück zur Stadt führen. Oder zumindest irgendwohin.

Ich kann schon ein ziemlicher Narr sein, nicht wahr?

Schließlich bemerkte ich, wie still es um mich herum war, als würde die sommerliche Hitze jeden Laut ersticken. Soweit ich mich erinnerte, ist es in der Natur nie still. Ich sah kein einziges Tier, nicht einmal Drahtvögel hockten in den Bäumen. Ich fragte mich, ob die Natur die Ruhe des Vogelfriedhofs respektierte, und kam mir wie ein Grabschänder vor.

Ich entfernte mich von der Brücke, doch das Gefühl blieb, dass ich durch eine Gruft wanderte. Von den Bäumen ging eine stumme Feindseligkeit aus. Ich schielte immer wieder nach oben, als müsste ich erwarten, dass in jedem Augenblick ein Baum einen seiner Äste abwerfen würde, um mich, den nur widerwillig Geduldeten, zu erschlagen. Wie vermisste ich die behagliche Vertraulichkeit der grauen Häuserschluchten! Das Grün erinnerte mich in seiner abstoßenden Aufdringlichkeit an etwas, das ich vergessen wollte. Ich wollte dort nicht sein, der Wald wollte mich nicht haben, doch vorerst blieb uns nichts anderes übrig, als uns hinzunehmen.

Ich kam an einem Strauch vorbei, dessen Geäst wie das Netz einer wahnsinnigen Spinne aussah. An ihm wuchsen reife, blaue Beeren. Der lockende Anblick erinnerte meinen verräterischen Körper daran, dass er Hunger hatte. Als wäre meine Lage nicht schon schlimm genug, malträtierte mich nun auch noch mein alter Feind mit dem stechenden Drang nach Nahrung. Schon aus gewohntem Misstrauen ließ ich die Früchte Früchte sein, befreite stattdessen die kandierte Heuschrecke von den Flusen meiner Manteltasche und zerkaute sie bedächtig. Sie schmeckte wie Gebäck, das drei Tage in der Sonne gelegen hatte. Dass mein Mund so trocken war wie eine achtzigjährige Hafenhure, machte es nicht besser.

Plötzlich blitzten Erinnerungen an mit Smaragdgift beträufelte Zuckersteine auf. Nur mit großer Mühe konnte ich die Heuschrecke daran hindern, meinen Körper wieder zu verlassen.

Ich trottete die Schienen entlang, folgte der Biegung, die sie um einen baumbespickten Felsen machten, und stand vor einem rostigen Bahnwaggon. Die Fenster waren eingeschlagen. Durch das aufgebrochene Dach wuchs ein Baum mit weißer Rinde und an den Außenseiten hing Moos wie dichtes Fell.

Bedächtig schritt ich näher. Ich wollte gerade die Hand nach der Tür ausstrecken, da rief eine Stimme: Finger weg, du stinkender Wurzeltroll!

Aus einem der zersplitterten Fenster kletterte, behände wie ein Zirkusäffchen, eine schmutzige Gestalt auf das Dach und richtete eine Schrotflinte auf meinen Kopf.

Ich will nichts beschädigen. Ich bin nur zufällig hier, sagte ich und hob die Hände.

Das sagen sie alle.

Die Gestalt war ein dürres Männlein in einem viel zu großen Overall. Stoff und Haut waren mit einer dicken Schicht aus Ruß und

Ölflecken bedeckt. Die Geschwüre an seinem Hals sahen aus wie ein zweites Gesicht. Der entschlossene Blick seiner kleinen Kohleaugen korrespondierte mit der Schrotflinte in seinen Händen. Da ich noch nicht wusste, dass ich bereits tot war, wurde ich vorsichtig.

Ich gebe zu, wenn du mich jetzt erschießt, würde es zu diesem Tag passen. Er ist schon schlimm genug. Trotzdem würde ich gerne darauf verzichten.

Wer bist du? Du siehst nicht aus wie ein Wurzeltroll.

Ich bin ein Wanderer und habe mich verlaufen. Wohin führen diese Schienen?

Das Männlein ließ die Schrotflinte ein Stück sinken und warf sich stolz in die Brust.

Das ist die transnakortische Bimmelbahn.

Ich hatte nie davon gehört. Deinem Gesicht sehe ich an, dass es dir ähnlich geht.

Die Strecke wird noch gebaut, sagte das Männlein. Dies ist Bauabschnitt 35F.

Ich besah mir den rostigen Waggon, der seit mindestens zwanzig Jahren nicht mehr bewegt worden war, und merkte an, dass es bis Narkotien eine weite Strecke sei.

Deswegen ist die Strecke auch noch nicht fertiggestellt, erwiderte das Männlein. Außerdem gibt es Probleme mit dem Wald. Die Wurzeltrolle sabotieren unsere fortschrittliche Arbeit.

Ich deutete die Schienen entlang. Geht es in diese Richtung zur Stadt?

Zu welcher?

Diese Frage überraschte mich so sehr, dass ich in Schweigen verfiel. Nie hatte jemand, mich eingeschlossen, nach dem Namen der Stadt gefragt. Wie verloren musste ich sein, wenn jemand die Stadt nicht kannte?

Kannst du eine Nachricht überbringen? Mein Funkgerät ist kaputt. Abschnitt 35F braucht neue Munition.

Ich nickte und trottete weiter, ohne zu wissen, wohin. Der grüne Tunnel schien sich in die Ewigkeit zu ziehen. Eine Ahnung sagte mir, dass ich wieder vor dem Vogelfriedhof stehen würde, würde ich den Schienen nur lang genug folgen.

Dann, ganz unerwartet, endete die Stille. Sanfte Bässe ließen die Blätter leicht vibrieren. Ich dachte natürlich sofort an einen geheimen Garten, in dem Eskalationsjünger das

Wort des Rausches predigten. Nach einigem Suchen entdeckte ich einen schmalen Seitenpfad.

Was ich am Ende des Pfades fand, hätte enttäuschend sein können, aber es war mehr, als ich in dieser grünen Verlorenheit erwartet hatte. In einer kleinen Senke saßen vier Gestalten um ein Feuer, das mir angesichts der drückenden Wärme sinnlos erschien. Aus einer kleinen Anlage wummerte monotone Musik. Ich fragte mich, woher der Strom kam, und tippte auf Atombatterien.

Man erkannte in mir eine vertraute Seele und lud mich an das Feuer. Ein Joint kreiste.

Seit ich meinen linken Lungenflügel verloren habe, lasse ich das Rauchen, lehnte ich dankend ab.

Man nickte wissend und respektierte meine Entscheidung.

Links neben mir saß ein junges Blumenmädchen mit Fliederblütenhaar und bronzefarbener Haut. Aus einer nicht verheilenden Wunde entströmten ihrem Kopf in farbigen Schlieren die Gedanken. Sie sprach nicht und schaute mir nie direkt in die Augen. Durch die anderen erfuhr ich, dass ihr Name Eliza war.

Neben Eliza thronte auf einem Baumstumpf ein kurzsichtiger Zwergriese mit Glatze und verfaulten Zähnen. Er schien ein Drüsenproblem zu haben. Jedenfalls stank er so sehr, dass man in seiner unmittelbaren Nähe nur durch den Mund atmen konnte. Im Ganzen war er eine widerwärtige Erscheinung, aber er hatte die Augen eines Kindes. Die unbedarfte Art, mit der er sich die Welt besah, ließ mich ihn mögen. Sein Name war Malt.

Den Namen des Pantomimen neben Malt erfuhr ich nie. Er bestand darauf, dass er kein Pantomime war, sondern dass sein Koffer und seine Requisiten unsichtbar waren. Ich beließ ihn in dem Glauben.

Die letzte in unserer Runde war Pailuna, eine Bühnenlügnerin, die von dem Theater fortgelaufen war, das sie die letzten Monate durchgefüttert hatte. Ihr Gesicht, rund und leuchtend wie der Mond, war mit Blütenstaub bemalt, in dem sich erstarrte Tränen verfangen hatten. Sie trug ein silbernes, mit Spiegelscherben beklebtes Ballkleid.

Ich stellte mich ebenfalls vor und erzählte von meiner Geschichte das, was ich flüchtigen Bekanntschaften gemeinhin zumutete.

Was macht ihr hier?, fragte ich.

Wir huldigen der Wahrheit, sagte Pailuna.

Der Wahrheit, sagte Malt. Der Pantomime schwieg und Eliza malte rote Flammen in die Luft.

Generell misstraue ich der Wahrheit, du weißt, warum. In meiner damaligen Lage war mir das Gespräch mit den vier Gestalten jedoch eine willkommene Zerstreuung. Ich verkniff mir daher jede provokante Bemerkung.

Wie sieht eure Wahrheit aus?

Als Antwort reichte mir Pailuna eine schwarze Wurzel mit Bissspuren. Dort, wo die schwarze Borkenhaut aufgebissen war, schimmerte Wurzelfleisch von der Farbe eines überreifen Kürbisses.

Die Wahrheit, sagte Malt.

Der Pantomime griff eine unsichtbare Wurzel und biss hinein. Während er übertrieben kaute, nickte er mir zu. Ich blieb skeptisch.

Du musst keine Angst haben, sagte Pailuna.

Wenn wir dieselbe Wahrheit meinen, gibt es nichts, das mir mehr Angst macht.

Es sollte ein Witz sein, doch er verfehlte seine Wirkung. Die anderen vier nickten betroffen wissend. Ich kam mir vor wie in der Selbsthilfegruppe, die ich einst für eine Frau besucht hatte. Ich habe ihren Namen vergessen, aber ich hatte sie sehr geliebt. Die Frau, nicht die Selbsthilfegruppe.

Malt hatte auch Angst, sagte Malt. Große Angst. Die Wahrheit hat Malt die Angst genommen.

Ich will dir von meiner Wahrheit erzählen, dann wirst du verstehen, sagte Pailuna.

So fing sie an.

Der Geschmack ist schwer zu beschreiben. Der erste Bissen war so bitter, dass ich ihn gleich wieder ausspucken wollte. Im nächsten Augenblick durchflutete ein elektrisches Prickeln meinen Mund, das von meiner Zunge in jede Faser meines Körpers strömte. In meiner Brust wuchs ein Funke zu einem Brand an, ein Feuer, das bis zu den Grenzen meines Seins reichte. Ich war eine lebende Fackel, und diesen Eindruck nahm ich gleichzeitig von innen wie von außen wahr.

Das Feuer glitt wie ein Flammenvorhang auseinander. Dahinter war die Bühne, die mich rief.

Ich sah die vertrauten Gaukler und Bühnenlügner, meine Gefährten in den trügerischen Erzählungen, mit denen wir unsere Zuschauer allabendlich betäubten. Wir probten ein Stück aus der Feder von Andy Rom, dem Chronisten der Hoffnung. Ich trat vor zur Rampe, um meinen Monolog zu halten, als ich plötzlich innehielt. Etwas irritierte mich, und da sah ich, dass meine Bühnengefährten in ihren Bewegungen erstarrt waren.

Ich glitt zu ihnen durch die gefrorene Zeit. Ihre Gesichter waren Masken. Der Vagabund mit der Gitarre, dessen Augen Tränen roten Weines entströmten, der alte Bühnendreikämpfer, die unersättliche Kindfrau, der Pfeifenraucher mit dem Wachsgesicht – all die vertrauten, lieb gewonnenen Gesichter waren nur ein Trug, auf den ich hineingefallen war. Ich nahm ihnen die Maskengesichter ab. Dahinter war Leere. Ihre Körper fielen in sich zusammen, während sich die Bühne um mich herum in Dunst auflöste.

Alles, was blieb, waren die Worte der Dichtung. Sie krochen aus dem Nebel zu mir, erhoben sich und umtanzten mich. Ich wollte mich ihnen anvertrauen, hoffte auf den Trost, den sie mir stets zu spenden vermochten, bis ich erkannte, dass auch sie nicht das waren, was sie vorgaben. Die Worte legten ihre Reinheit ab und offenbarten ihre wahre Natur: Sie waren verloren umherirrende Schlüssel. Sie suchten nach den Türen, die sie dahin bringen würden, woher sie kamen. Die Worte der Dichtung wollten nach Hause.

Die Tränen, die ich über ihren Schmerz vergoss, wurden zu Kristallen, die in meinen Wangen wurzelten. Ich verließ das Theater und werde erst zurückkehren, wenn ich weiß, wie ich den Worten helfen kann.

Während Pailuna erzählte, holte Malt aus einem Rucksack allerlei sündige Früchte hervor und teilte sie mit uns. Ich gab meinem immer noch drängenden Körper nach und stürzte mich auf die Früchte, dass der Saft nur so spritzte und süße Fleischstücke in meinem Bart hängen blieben.

Über das Fressen verpasste ich fast, dass Eliza mit ihrem Bericht anfing. Ihr Blick war starr auf den Boden gerichtet und ihr Mund fest verschlossen, doch ihrem Kopf entströmten die Farben. Nicht einmal im Lichterhaus habe ich eine solche Pracht gesehen. Die Farben explodierten, verschlangen einander und wurden neu geboren. Ich fühlte mich an kalte Lichtfalter erinnert. Damit einher ging ein Gefühl absoluter Freiheit, ein Drang, jeden Kokon nicht bloß aufzubrechen, sondern ihn bis zur letzten Faser zu verbrennen.

Die Farben änderten sich zu einem Blau, das in mir die Sehnsucht weckte, mich zu ertränken. Ich wollte das Meer trinken und spüren, wie es mit jedem Schluck mehr und mehr meinen Körper austrocknete. Grüne Schlieren mischten sich dazwischen, wie Algen, die sich als meine Verbündeten um Arme und Beine legten, um mich zum Grund zu ziehen. Der Schlick sollte mein Grab sein.

Schlagartig lösten sich die Farben auf. Ich war irritiert.

Sieh genauer hin, raunte Malt.

Über Eliza war nichts, keine Farbe, nicht einmal ein Klecks, der aus ihrem Schädel in die Luft gespieen wurde. Ihr Gesicht war so konzentriert wie zuvor. Da ich mir nicht anders zu helfen wusste, kniff ich die Augen zusammen. Ich schaute dorthin, wo etwas sein sollte – und mit einem Mal sah ich.

Die Farben waren nicht verschwunden, sie hatten sich nur verändert. Farben jenseits des begrenzten Spektrums, das wir uns erlauben wahrzunehmen. Farben ohne Vergleich, Farben, die sich den beschreibenden Worten verweigerten. Ich sah die Farben der Wahrheit und übergab mich.

Die Farbe meines Erbrochenen, diese beißend stinkende Mischung aus Braun, Grün, Orange und Gelb, hatte etwas ungemein Beruhigendes.

Eliza schluchzte. Es blieb der einzige Ton, den ich von ihr hören sollte. Zum Glück hatte ich mir Mitleid schon vor längerer Zeit abgewöhnt.

Die peinliche Stille, die eintrat, war das Zeichen, auf das der Pantomime gewartet hatte. Er erhob sich von seinem unsichtbaren Koffer und klappte ihn auf. Seine Finger tänzelten über die imaginierten Requisiten seiner Geschichte. Jedes einzelne holte er hervor, präsentierte es uns in seiner Form und seinem Gewicht und legte es vor sich auf dem Boden. Mit fließenden Bewegungen glitt er über die Wiese. Die Eröffnung seines Tanzes hatte etwas Rührendes. Eine solche Zartheit hatte ich seit Ewigkeiten nicht mehr an einem Menschen gesehen. Hätte ich noch etwas für das sündige Fleisch übrig gehabt, der Tanz des Pantomimen hätte mich erregt. Ich dachte an einen alten Freund, den ich an die betäubenden Sumpfdämpfe Alteras verloren hatte. Der Pantomime hätte ihm gefallen.

Der Pantomime legte einen Finger auf die Lippen, obwohl niemand von uns einen Laut von sich gegeben hatte. Mit spitzen Fingern präsentierte er uns einen unsichtbaren Schlüssel. Er führte ihn zur Brust, steckte ihn rein und drehte ihn um. Dann griff er sich an die Brust und öffnete sie.

Die Illusion der Pantomime löste sich mit aller Schrecklichkeit auf. Seine Brust *war* offen. Ich sah pumpende und zuckende Organe. Blut wurde aus den Muskeln gepresst und rann über das weiß und schwarz gestreifte Mimenhemd. Seine tänzelnden Finger glitten geschmeidig in das Loch, holten einzeln die

Organe hervor und präsentierten sie uns wie zuvor die unsichtbaren Requisiten. In aller Ruhe legte er ein Organ neben dem anderen auf dem Boden ab: die Nieren, die Leber, Magen neben Galle, zwei Lungenflügel, die mich kurz neidisch machten, das Herz. In der Wärme des Tages schmolzen sie wie Eis, zerflossen zu einer schleimigen Fleischpampe.

Von allen Organen befreit zwinkerte der Pantomime mir zu. Dann packte er sich selbst beim Schopf und schüttelte sich die Knochen aus. Als das letzte Knöchelchen aus ihm herausgefallen war, ließ er sich los und fiel in sich zusammen.

Ich applaudierte begeistert.

Malt, der kurzsichtige Zwergriese, räusperte sich.

Malt ist klein, sagte Malt. Noch kleiner. Die Welt ist groß. Sie macht Malt Angst. Nur fremde Augen. Blinde Häuseraugen. Tote Menschenaugen. Tot ist das falsche Wort. Insektenaugen. Alle Menschen sind Käfer, denen man die Flügel verlötet hat. Malt schleicht umher. Malt ist arm. Der Verstand auch. Malt versteht nicht.

Plötzlich Dunkelheit. Ein Gewitter zieht auf. Malt weiß, dass die Käfermenschen auf das Gewitter gewartet haben. Malt mag es nicht. Malt flieht unter eine Markise. Dort wird Malt trocken bleiben.

Plötzlich Helligkeit. Ein Blitz. Malt sieht in die Fensterscheibe. Hinter Malt ist ein fremdes Gesicht. Es blickt Malt an. Wunderbare Augen. Ehrliche Augen. Keine Insektenaugen. Nicht blind, nicht tot. Wissend. Augen, die sehen, was Malt sieht. Auf dem Grund der Augen sitzt etwas Vertrautes. Es sitzt inmitten von Kleiderfetzen, Sperma und Blut. Es ist wild. Wie Malt. Nur weiß das niemand.

Wieder Dunkelheit. Malt dreht sich um. In der Finsternis sind Schatten. Sie suchen Schutz vor dem Regen. Unter die Markise trauen sie sich nicht.

Die Augen sind verschwunden. Malt weiß nicht, wem sie gehören. Malt weiß, dass Malt sie nicht wiedersehen wird. Nicht diese Augen. Aber Malt ist nicht traurig. Malt weiß, dass er nicht alleine ist.

Gehörte die Markise zu einem Spiegelfachgeschäft?, fragte ich. Ich sah Malt an, dass er mich nicht verstand. Er war zu selig von der Erinnerung an seinen Wahrheitstrip.

Jetzt du, sagte Pailuna und deutete auf die Wurzel in meiner Hand. Wenn du ein Stück abgebissen hast, musst du ganz schnell kauen, das ist wichtig. Dann ist der Geschmack weniger bitter.

Malt wird aufpassen. Dir wird nichts passieren. Und danach erzählst du.

Von der Wahrheit?

Von deinem Teil der Wahrheit, sagte Pailuna, in deren Blick sich ein beunruhigendes Fieber geschlichen hatte. Wir sind Mosaiksteine, das ist das eigentliche Geheimnis, das man vor uns verborgen hält. Wie dieser Mosaikstein aussieht, welche Farbe er hat und zu welchem anderen Stein er passt, erfahren wir durch die Wurzel. Wenn wir die Wahrheit jeder einzelnen Person kennen, können wir das Mosaik zusammensetzen. Dann sehen wir die universelle Wahrheit.

Das waren die Momente, in denen ich es bereute, nicht mehr zu rauchen.

Ich kenne einen Autor, fuhr sie fort. Er wird alles zusammenfügen und –

Ich kenne auch Autoren. Mehr als man kennen sollte. Die Bekanntschaft zu Autoren ist nicht gesund, wenn ich dir diesen Rat geben darf. Du endest bloß in ihren Geschichten.

Traue der Wahrheit, sagte Malt.

Wer hat euch die Wurzel gegeben?

Niemand, sagte Pailuna. Die Wurzel kam zu uns.

An deinem Nicken sehe ich, dass du begreift. Du bist immer schon schlauer gewesen als ich, daran habe ich mich gewöhnt.

Ich hockte im Kreise meiner zufälligen Gefährten in der Verlorenheit und besah mir die Wurzel. Das ölige Schwarz ihrer Borke, das durchschimmernde Holzfleisch. Soweit ich es beurteilen konnte, roch sie nach nichts. Plötzlich war in mir dieser heftige Drang, meine Zähne hineinzuschlagen, das Borkenfleisch zu zerkauen und den mit meinem Speichel vermengten Wurzelsaft zu trinken. Es war mehr als eine durch die Erzählungen angeregte Neugier auf meine eigene Wahrheit. Es war ein existenzieller Zwang. Fast wäre ich darauf hereingefallen. Doch sah ich das Fieber in Pailunas Augen. Die Scherben in meinem Kopf fügten sich zusammen, und ich lachte laut auf.

Auf dem Zenit des Rausches war ich gestorben. Als ich das verstanden hatte, machte alles Sinn.

Ich weiß jetzt, wo ich mich befinde, sagte ich. Und ich werde nicht bleiben.

Was sagst du?, fragte Pailuna. Malt öffnete den Mund und schloss ihn.

Ich gehe zurück.

Ich stand auf, warf der Bühnenlügnerin die Wurzel zu und klopfte meinen Mantel ab.

Sucht ihr weiter nach der Wahrheit, sagte ich. Ich halte mich an die Lüge.

Und dann kehrte ich zurück in die trügerische Sorglosigkeit meines Lebens.

Der Versehrte des Exzesses

Ein Nachwort von
Achim L. Emsgrab

Die Fieberwelt ist ein gefährlicher Ort, der Spuren bei denen hinterlässt, die dem Sirenengesang des Rausches folgen. Der Versehrte des Exzesses kann mehr als eine Geschichte davon erzählen.

2013 treten Sam Greb und sein Vorleser das erste Mal vor Publikum auf. Der eine nennt sich der Gemahl der Unvernunft und Chronist des Exzesses. Er wird auf der Bühne sitzen, Bier trinken, rauchen und die Zuhörenden beobachten. Über seine Lippen kommt kein einziges Wort. Der andere hingegen wird sprechen und vor allem: vorlesen. Denn Sam Greb spricht tatsächlich nicht. Und so ist es sein treuer Begleiter, der auf dieser und allen späteren Lesungen den Erzählungen Leben einhaucht und das Publikum in die Fieberwelt entführt.

In jener Nacht haben sie zwei Geschichten dabei: DIE BEMALTEN BEINE (die erste Geschichte aus der Fieberwelt, die einem Publikum vorgetragen wird) und MÄDCHEN IM SCHNEE (die erste Geschichte aus der Fieberwelt, die geschrieben wurde). Viele Figuren und Orte, denen man in späteren Erzählungen wiederbegegnen wird, haben hier ihren ersten Auftritt. Unter ihnen befindet sich der Versehrte des Exzesses, der von einer ganz besonderen Nacht im Lichterhaus erzählt.

Er ist eine tragische, aber keine traurige Gestalt. Zwar bleibt er nicht von Schicksalsschlägen verschont (von denen viele nur durch beiläufig in seine Erlebnisberichte eingeflochtenen Bemerkungen angedeutet werden), aber sie treffen ihn nicht mit der zerstörerischen Wucht, die das Schicksal anderer Figuren besiegelt (wie jenes des namenlosen Erzählers der romantischen Novelle NADELN AUS RUß). Der Versehrte des Exzesses ist ein Überlebender und er lässt uns an seinem Überleben teilhaben. Ob sein Überleben die Folge einer ausgefeilten Strategie oder schlicht Glück ist, ist für die Botschaft nebensächlich: Was immer es ist, du kannst es überleben. Vielleicht trägst du Narben davon, aber das muss deine Existenz nicht schlechter machen.

Die Figur des Versehrten des Exzesses verkörpert eine wichtige Facette in Sam Grebs Werken: Sie sind nicht nur Liebeserklärungen an das Desolate und Surreale, sondern mehr noch Bekenntnisse der Hoffnung.

Der Band DER VERSEHRTE DES EXZESSES vereint drei Erlebnisberichte dieses wichtigen Zeugen der Fieberwelt. Zu DIE BEMALTEN BEINE gesellen sich die postmortale Odyssee IN DER WURZELGRUFT und die eigens zum Anlass dieser Anthologie verfasste Erzählung DIE RUINEN UNSERER AUGENBLICKE.

Zwischen DIE BEMALTEN BEINE als erste Geschichte, die vorgetragen wurde, und DIE RUINEN UNSERER AUGENBLICKE als bis dato letzte Geschichte, die geschrieben wurde, liegen über siebeneinhalb Jahre. In der verworrenen, nicht linear verlaufenden Chronik der Fieberwelt mag es eine noch längere Zeit sein. Vieles hat sich verändert, doch der Versehrte ist immer noch da und stolpert in ein neues Erlebnis, von dem er uns berichtet.

Es ist nicht auszuschließen, dass wir dem Versehrten wiederbegegnen werden. Ich halte es sogar für sehr wahrscheinlich.

Hörbücher aus der Fieberwelt

Das grüne Haus
Die Geschichte von dem Wurzelding und
der alten Frau mit den nutzlosen Beinen.

Engel
Das Dilemma einer Seelenmüllentsorgerin,
der ein Engel in der Brust heranwächst.

Zum letzten Widerstand
Über einen Oktopus, der Geistergeschichten
sammelt und unverhofften Besuch bekommt.

Der Tanz der fliegenden Wölfe
Die Nacht im Verborgenen Garten,
in der das Universum kollabierte.

Requiem der Schildkröte für ihr Haus
Eine Erzählung über das Warten und
den Genuss, den es mit sich bringt.

Die bemalten Beine
Die erste Geschichte aus der Fieberwelt,
die jemals erzählt wurde.

**Erhältlich auf fieberwelt.bandcamp.com
und allen gängigen Plattformen.**

Sam Greb

Nadeln aus Ruß

EINE ROMANTISCHE NOVELLE
AUS DER FIEBERWELT